KB084020

꽃

한송이
주지
못했네

꽃

한송이
주지
못했네

한
보
리

내가 하는 노래

길을 걸었습니다.
그 길은 외롭고 쓸쓸하며 바람이 많은 길이었습니다
때론 소나기도 만나고
햇빛 뜨거운, 그늘 없는 길 위에 있을 때도 있었습니다
어느 땐 길을 잃고
다시 길을 찾기 위해 길 없는 길을 걷기도 했습니다

숲길을 가다가 문득 나비가 떠나버린 빈 고치를 본 적이 있습니다.
알에서 깨어나와 푸른 잎 위 따뜻한 햇살을 받고
여린 잎을 갉아대며 한 계절을 살았을 애벌레
고통과 두려움의 날들을 보내고
죽음같이 어두운 고치의 날들이 지난 이제
껍질을 벗어나 푸른 하늘을 날고 있을 나비.

사람 사는 일도 그러하리라 믿습니다

내가 하는 노래는 내가 살아낸 날들의 흔적입니다
마치 나비가 고치를 벗어나 새로운 삶을 얻듯이
오늘 이 노래들은 부끄러운 나의 고백이며 허물입니다.
내 고통의 흔적들이 그대들의 가슴에 슬픈 빗금으로 남을 일이나
부디 이제 막 가을 하늘을 날아 오르는
한 마리 나비의 힘겨운 춤으로 보아 주십시오

한결 가볍게
이 아름다운 세상 안에서 날고 싶습니다.

I

II.

III

vi

살아간다는 것이 때로는 저녁 연기 같아서

다 부질없이 흩어져가는 연기 같아서

가슴 속으로 가슴 속으로 매운 바람 한줄기

......

I

사람 사는 일 아무 것도 아니다

비 그친 후
여름 한 낮
흰 구름 몇 점, 하늘 푸르다
여린 바람에 미루나무 이파리
배를 뒤집으며 해반득히 웃는다
사람 사는 일 아무것도 아니다
울지 마라

공룡 한 마리 천천히 흘러간다
그 뒤에 강아지 한 마리도…
먼 산 끝에 눈 두고 있던 사이
공룡이 제 몸을 풀었다
사람 사는 일 아무것도 아니다
그대 사랑 허물어졌다고
온 오후를 어깨로 울지 마라

저것 봐
은행나무 겨드랑이
지난 밤 거센 비에도 결코 떨구지 않고…
기운 햇빛에 몸을 말리고 있는 푸른 알갱이
사람 사는 일 아무것도 아니다
이제 울지 않아도 된다
그대

슬픔의 시작

나의 사랑 깊은데 너는 등을 돌리는구나
내 슬픔의 시작인지 너는 아느냐
사랑은 그렇다
모든 것을 포용하는 것
너에게 사랑을 주고 싶다
이 외로운 세상에서
나의 사랑은 깊어가고
너의 표정 없는 얼굴 그것이
내 슬픔의 시작인지 너는 알고나 있느냐

오래 운 사람의 냄새

엘리베이터 안에서
바다 냄새가 난다
미역, 해초 같은 냄새

바닷가 사람들은 갯내음이라고 했다

누군가
바닷가에서
오래 울다가 왔나보다

엘리베이터 안에서
바닷바람 냄새가 난다

푸른 멍

한숨은
오래 묵은 우물에 돌멩이를 채우듯
가슴에 푸르게 던져져 와서
가득 차 버렸다

몸 한군데 성한 곳 없이
푸른 멍이 들었다

소주 한 잔이 들어와서
푸른 멍들 사이 빈 곳을 메운다
따뜻하다
내 눈물이 따뜻하다

섬

바람에 구르는 나뭇잎처럼
쓸모없이 거리를 쓸려 다녔지
우리를 가릴만한 벽이 없었어
손톱달만한 조각배를 타고
조그만 섬으로 갔지
잠시
아주 잠시
이 세상이 아닌 벽마저 필요없는
또 다른 세상에서의 하루
눈썹 달 만한 배를 타고
이름 알 수 없는 섬으로 갔지

그리운 것들

그리운 것들은 항상 어둡다
어두운 푸른색을 배경으로
창백하게 빛을 내는 하얀 풀꽃이다

외로움은
그 곁에 서서 쓸쓸히 웃고 있는 바람이다
오늘은 내 그리운 얼굴
어둡다

별 하나 뜨지 않는 저녁

가을이 빨간 이유를 나도 알았어

가을은 왜 이리도 푸른지
미치도록 아름다운 올해 가을
가을이 빨간 이유를 나도 알았어
헤임의 계절
슬프도록 아름다운 올해 가을
단풍 저리 붉게 우는 날 알게 되었어
붉은 가을 헤임의 계절엔 그리움도 흔한 지
깊은 숨을 쉬면 가슴이 아프다
가슴이 너무 아프다
넌 눈물이 있으니 참 좋겠다
눈물 보일 수 없는 나는 어쩌겠니
내 눈물은 돌이 되어 쌓이는지
가슴이 무겁다

간이역

그대 쓸쓸할 때는 세상에서 가장 작은 간이역에 서 보라
초대 받지 못했다 해도
그곳은 처음부터 누구를 초대해 본 적이 없는
울타리 없이 열린 곳이니 그대 머뭇거리지 마라
우리네 인생도 그렇다
초대받은 적이 있는가
바람처럼 흘러 왔으므로 바람처럼 살다가는 것이
그대의 인생에 누가 울타리를 두르겠는가
누가 그대를 초대하겠는가
그대의 하늘이며 그대의 땅이며 그대의 사람이나니
그대 부디 외로워 말라
단지 사는게 힘들고 쓸쓸해서 무릎이 꺾이고 어깨가 아려오거든
세상에서 가장 작은 간이역으로 가서
역사 한 귀퉁이 바스라진 들국 무더기 곁에
누더기를 벗어 걸어두 듯, 그대의 슬픔 벗어두고
맑은 햇살아래 그대의 눈물 말리고 오라

마지막 차편에 올라
전라도 가슴 따신 사투리에 몸을 담그고
흔들리며 돌아가라 그대

물바람

물바람 가득한 강으로 갔다
너에게서 받은 편지들을 태우기 위해
젖은 자갈밭에 앉았다
너를 다시 보지 않게 되길 빌며
그토록 날 들뜨게 하던 너의 말들이
재 되어 날리는 것을 보았다
물바람 때문에 볼이 젖어 왔다

모래시계

모래시계를 뒤집는 것처럼
지나간 시간을 되돌릴 수 있다면
내가 걸어왔던 많은 길들을 되돌아서서
너를 아프게 했던 나의 가벼움과
가슴 멍들게 했던 이별의 말을
고스란히 거두어 지우련만
아! 나는 너에게 얼마나 거칠었으며 얼마나 잔인했던가
아! 나는 너에게 얼마나 견디기 힘든 짐이었을까
모래시계를 뒤집는 것처럼
내 아쉬운 옛날로 돌아갈 수만 있다면
저 들에 핀 강아지 풀처럼
머리 부비며 살아갈 텐데

모래시계를 뒤집는 것처럼
지나간 시간을 되돌릴 수 있다면
무심히 건너왔던 그 너른 강을 다시 건너서
나를 힘들게 했던 너의 긴 울음과
그토록 추웠던 겨울 너의 절망을
내 품에 고이 안아서 녹이련만
아! 나는 너에게 얼마나 무심했으며 얼마나 차가웠던가
아! 너는 나에게 얼마나 견디기 힘든 슬픔이었던가
모래시계를 뒤집는 것처럼
내 아쉬운 옛날로 돌아갈 수만 있다면
땅콩처럼 오두마니 이 추운 세상
볼 부비며 지내 볼 텐데

바람이 숲에 깃들어

바람이 숲에 깃들어
새들의 깊은 잠 깨워놓듯이
그대 어이 산에 들어 온 몸으로 우는가
새들이 바람 그치면
다시 고요한 가지로 깃들 듯
그대 이젠 울지 마소
편안히 내 어깨에 기대소

바람이 숲에 깃들어
솔 향 가득 머금고 돌아가듯이
그대 산에 들어 푸르러지는가
구름이 산에 들어서 비를 뿌리고 가벼워지듯이
그대 근심 두고 가소
깃털처럼 가벼워지소

감기

감기 고뿔
사랑도 그렇게 왔으면 좋겠다
저항할 수도 없이
열에 들뜨고 어지러워서
빗물에 젖은 골목길 어둔 구석 담장에
이마를 대고 울어 봤음 좋겠다
한 며칠을 아파 울다 감기처럼 슬그머니 나를 놓아줬으면 좋겠다
그 사랑 눈에 보이지 않는 딱지 가슴 한켠에 묻어 두고
가을 햇살 속으로 걸어갔음 좋겠다
감기 그것처럼 사랑도 쉬 왔다 얼른 얼른 떠나가면 좋겠다

어머니 생각

오늘 아침에 세어보니 어머님 돌아가신지 서른 한 해
그날을 떠 올려봅니다
새벽, 아버지가 깨워서 큰방으로 불려간 우리들은
몹시 파리해진 어머니를 만났었지요
벌써 몇 년을 앓아오신 어머니는
죽음을 위해 집으로 오신 터였습니다
그 때 어머님은 무슨 말씀을 하셨는지 기억이 나지 않습니다
눈물 어려있던 어머니의 퀭한 눈과 많이 울었었다는 것
새벽 내내 울고 난 그 아침 방문을 열고 나와 보니
신기하게도 첫눈이 왔었는데
그것도 함박눈으로 많은 눈이 내려서
온 세상이 흰 이불에 덮힌 것 같았지요

지금까지 어머니의 아픈 모습을 지우려는 듯
그렇게 온 세상이 하얀 했습니다

백양사

첫 눈이 올 것 같은 하늘이에요
당신의 머리카락 사이로 날아드는 흰눈을 보고 싶어요
당신의 작은 손을 호주머니에 함께 넣고서
눈꽃 세상으로 변한 백양사의 긴 길을 걷고 싶어요
백양사 뒷 뜰
까치밥으로 남겨진 빠알간 감 위에 얹혀진 흰 눈과
바람에 익어 발개진 당신의 볼과
눈처럼 흰 당신의 미소를 보고 싶어요
까르르 거리는 당신의 웃음소리에
가지 위에 쌓였던 눈들이 일제히 산란하는
그런 순간을 보고 싶어요

눈이 내린다면

그대 그리움의 무게만큼 눈이 내린다면
나
그대에게로 가지 못하리

내 배고픔 만큼 보고픔이 지나치면
저 그믐의 달빛 같이 여윈 나는
허리까지 빠지는 뒷산 언덕 소나무숲에
기진하여 누워
그대 생각

저물어가는 그믐의 달에 내 눈물을 담아
아! 술빛으로 익어가는 내 사랑을 위해
첫 아침 해가 떠오르는 때
그대의 입술에 나의 입술을 잔 삼아 권하려니

그대여
그대의 그리움이 깊으면
그대의 보고픔이 깊으면

아!
내 허리께까지 차오르는 눈
눈물나게 헤쳐가는 내 겨울 사랑아

그리움 깊은 날

우체국 앞을 지나면
문득 문득 잊혀졌던 얼굴이 떠오릅니다
가랑비처럼, 혹은 햇살처럼 투명하게 …

오늘은 그대가 눈송이처럼 날립니다
그리움 깊은 날
그리움이 눈송이처럼 날립니다

밤이 이슥토록
하얀 눈을 밟으며 걸었습니다
밤 내내 따르던 달빛,
이젠 고요한 내 창가에 쌓입니다
그대도 함께 따라와
정갈하게 곁에 눕습니다

나 죽어

나 죽어 별이 되면
그대 이른 새벽 깨어나 마시는 자리끼 한 사발 찬 물 속에 빠져
다시 죽을래
나 죽어 꽃이 되면
그대의 집 뒷산 진달래로 피었다가 봄날 그대의 손에 꺾여
당신의 머리에 꽂힐래
나 죽어 햇살이 되면
온 하루를 그대의 어깨에 일렁이다가
일렁이다가…

그리고 그대 죽어 바람이 되면
늘 그대 때문에 깜박이고 그대 때문에 술렁이고
그대 때문에 일렁이는…

오직 그대로 하여 세상의 모든 것이 빛을 내는

겨울나무

온 밤을 진눈깨비로 울며
그대 내 가슴을 두드리는 새벽
시린 겨울 들판에
발을 적셔두고
늘, 저만큼의 거리에서
해빙을 기다리는 겨울나무

내 깊은 잠을 흔들며 오는 이여!
꿈결로만 들려오는 슬픈 노래
꿈결로만 스며오는 그대의 향기

산

푸른던 잎새 털어낸 그 여윈 어깨 위로
하얀 눈이 날리는구나!
그 깊고 깊은 주름
아버지의 산

산새들 모두 잠든 그 조용한 가슴 위로
하얀 눈이 내리는구나!
그 깊고 깊은 침묵
아버지의 산

겨울 풍경

까치 한마리
붉은 감나무 위에 앉아서
궁색한 겨울 아침 식사
부리에 햇발이 붉다

능주 장터

능주 장터 파장 무렵
머리 풀린 바람 춤추고
가난한 허리춤엔 벌써 어둠 밀리는데
질긴 소리 하나 있었네
아주 질긴
- 오늘 하루도 적자 난 인생
능주 장터 파장 무렵 구겨진 천막엔
어느새 달려왔는지 개 짖는 소리
개 짖는 소리 들리네

시계는 똑딱 똑딱 잘도 가지

으례껏 사람들은 아침이면 일어나지

으례껏 사람들은 밤이 되면 잠을 자지

시계바늘에 너무 잘 길들여진 사람들은 참 이상해

시계바늘에 너무 잘 길들여진 사람들은 참 이상해

시계

시계는 똑딱 똑딱 잘도 가지, 잘도 가지
으레껏 사람들은 아침이면 일어나지
시계는 똑딱 똑딱 잘도 가지, 잘도 가지
으레껏 사람들은 밤이 되면 잠을 자지
시계바늘에 너무 잘 길들여진 사람들은 참 한심해
시계바늘에 너무 잘 길들여진 사람들은 참 이상해

나는 무척 일어나고 싶었지만
이런 젠장
일어날 순 없었지

나는 무척 졸렸지만
이런 젠장
잠을 잘 수 없었지
나는 아주 잘 길들여진 개처럼 그렇게 있어야 했어
흑과 백의 두 눈이 지켜보는 방
난 그대로 있어야 했어

시계는 똑딱 똑딱 잘도 가지
잘도 가지
시계는 똑딱 똑딱 잘도 가지
똑딱 똑딱

몽상가의 손목시계

새가 물어가 버린 오후 한 시간
나는 아프리카 해변을 꿈꾸고 있네
새가 물어가 버린 오후 한 시간
커다란 사자 한 마릴 꿈꾸고 있네
아, 졸리운 오후
나는 꿈속에 있네
나는 꿈속에, 꿈속에 있네

시계소리만 남은 이 밤 열 두시
쓰다만 오선지 위에 더 이상 그릴게 없네
시계소리만 남은 이 밤 열 두시
모든 나의 기억이 희미해지네
아, 졸리운 이 밤
나는 꿈속에 있네
나는 꿈속에, 꿈속에 있네

화병 속에선 시간의 씨가

시계소리는 모래 알갱이
책상 위에 쌓이고
시계소리는 먼지처럼 날아다니며
햇살 속에서 반짝거리지
시계소리는
시계소리는
내 온 방을 가득 채우는 시계소리는
오래 전부터 쌓여오던 기억의 흔적
시계소리는 나를 깨우고 있네

화병 속에선 시간의 씨가 몰래 움트고 있네
창문 너머로 들려오는 새벽 종소리에
시간의 씨가 움트고 있네
시계소리는
시계소리는
내 온 방을 가득 채우는 시계소리는
내 마음 속에 잠들어 있던
시간의 씨를 깨우고 있네

별 헤는 저녁

교회 종 탑 위로
초저녁 별이
오늘은 물기 가득 젖어 있습니다

슬픔이 가슴 깊은 곳에서부터 차오는 것처럼

어둠은 산아래 마을에서부터
천천히 채워져 옵니다

어머니는 아직 돌아오지 않아
마루 끝에 앉은 아이의 집 마당은
어둡습니다

아직 불 켜있지 않은 창문으로
금새 뛰어들듯이
초저녁 별 물기 가득 젖어 있는
별 헤는 저녁

꽃 하나 물고 있는 붕어

먹기에는 너무 이쁜
친구하고 놀고 싶은
나도 꽃 하나 입에 물고
마주 앉아서 오래
미소로 웃고 싶은

강물 깊은 곳에 앉아
세상의 소식
꽃잎으로 듣고
그리운 사람에게는 꽃잎 하나 뜯어 보내고

토요일 오후

먼지 낀 담장 너머
푸른 하늘 아래
직행 버스 하나 지나가는 소리
누군가 올 것 같은 싸리울 너머
동네 아이 가득 뛰노는 소리
누군가 올 것 같아 발돋움 너머 보면
그리움 가득 가슴에 쌓이는 소리
외로움 짙게 깔린 울타리 너머
마지막 지나가는 텅 빈 버스

모딜리아니, 혹은 달리

칠월의 오후,
내가 선 뙤약볕의 그림자는 진액이다.
흘러내린 나다.
그러므로 내 안에 나는 없다.
자꾸 흘러 내려서, 말하자면 허수아비 정도가 될려나
걱정과 가슴에 박힌 못의 정도로 보면
지금의 나도 이미 다름 아니다.
이러다가, 이러다가 해 저물면
땅에 박힌 발을 빼지 못해 눕지도 못하여
헤진 옷, 땀을 바람에 말리며
가슴에 앞뒤로 쳐서 박은 견고한, 녹물슨 상처를 들여다보고
자존에 대해 생각해 보지만 알 수 없는 일이다.
뻣뻣하던 시절 이마빡 퍼렇던 날을 추억한다.
소금에 잘 절여진 유연한 내 모가지가 가슴속을 들여다 본다.
내가 없는 내 안을 들여다 보고 있다.

지금 내 안에는 내가 없다.

고양이

처음에 난 그것이 바람에 날리는 검은 비닐 봉지인줄 알았다
잠시 멈칫거림도 없이 지나가는 바쁜 헤드라이트 푸른 빛으로
발광하며 튀어오르는 고양이
으음…
내일 아침에는 비린내를 비켜 차들은 유연한 커브를 던질 것이고
고양이, 비에 젖거나 햇살아래 구더기를 키우겠지
며칠 있으면 그 놈 자랑처럼
오래 반들거리던 털가죽 아스팔트 위에 잘 널어두고
차들 예전처럼 쾌속의 직구 그 위를 날아가겠지

지금은 처서
오후의 끝물 더위가 질펀하게 녹아 흐르는 밤길
술 취한 차들은 죽은 고양이 눈을 하고 달려들고 있다

산감나무

알알이 가을이 들어찬 산감나무 하나
내 사랑은 서리맞아 맑은 홍색
떨어지면 제 몸 하나 깨어질 뿐인

10월의 마지막 밤

흐린 날의 공원
튤립나무의 큰 키가 만드는
노란 터널 길을 걸었어요
보도블록을 세며 걷다가
벤취에 앉아 시월의 화사한 풍경을 눈에 넣다가
어느새 내 마음 안에 들어와 있는 그대를 느낍니다
구불텅한 길 끝에서
손을 맞잡은 두 사람의 행복한 웃음소리가
빗방울처럼 보도블럭 위를 튀어 오릅니다

시월의 마지막 밤이에요

밤과 안개

어젠 안개비가 왔어요
베란다에 나와 오래도록 흔들의자에 앉아 있었지요
가로등이 만들어 내는 감귤빛 밤풍경
가슴에도 감귤빛 그리움 하나 켜졌습니다
오래도록 잠들지 못했습니다

지금은 안개를 생각합니다
짙은 안개 속에 서 있다가 그대를 만나게 된다면
습기에 젖은 그대의 머리카락을 만지고 싶다고

그대도 어제
안개비 때문에 깊은 잠 들지 못하셨는지요
옅은 잠 꿈속으로도 그대는 오시지 않았어요

그대의 이름

길을 걷다가 문득 그대의 이름이 생각났어요
노란 은행잎 하나에 그대의 이름을 달아봅니다
그대의 노란 은행잎
그대의 푸른 하늘

그대의 가을과 겨울 사이
이렇게 모든 것에 이름을 붙여 봅니다

그대의 첫사랑 내 이름까지
이 세상의 모든 것이 그대의 것입니다

가을산처럼

저는 지금 가을산처럼 날마다 붉어갑니다
그대 때문이지요
잎새 다 지기 전에 그리움 밝혀줄 달 하나 떠오른다면
그대려니 하겠어요

11월

솔숲을 걸었어요
뿌리를 드러낸 소나무들 사이로
11월의 솔잎이 지고 있었어요
버려야 새로이 얻을 수 있다고
끝은 마지막이 아니고 새로운 시작이라고
그렇게 드문드문
갈잎 위에 떨어지며 내게 속삭이고 있었어요

들길을 걸으면 가을냄새가 맡아져요
가을이 타는 냄새가 납니다
가을이 익어 가는 냄새입니다
투명한 햇빛과 잘 마른 바람이 들길에 놓여 있습니다
들국화 한 무더기
들길 모퉁이에서 해사하게 웃고 있습니다

둥지

산은
지천으로 붉은 울음 스러지고
언덕마다 억새 바람에 눕고
산은 그렇게 가을 속으로 스스로 침잠해 가고 있나니

내가 그대의 품에 깃든다면
둥지 하나 고스란한 터를 내어 줄것인가

산의 품에 들면서
산 그림자 푸른 건너편 흰빛 새의 둥지
날개짓을 보았네

내가 그대의 품으로 깃든다면
단정한 가지 하나 내주어
나 노래할 수 있을 것인가

가로수 아래

바람도 없이 비가 오고 있어요
나무 끝에 매달린 잎들이 곱게 젖어갑니다
우산 몇 개 바삐 지나가는
길 옆 가로수 아래
일찍 떨어진 낙엽들 번들거리는 길 위에 누워 있습니다
저리 온 몸 던져서 짓밟히는 사랑이었으면

바람도 없이 그대가 내게 들어와 날 흔듭니다
비도 없이 그대가 내게 들어와 날 적십니다

해운대

아침에 일어나 신발을 보니
바닷가의 모래가 묻어 있었어요

어젯밤엔 해운대 밤 바다를 걸었어요
바다가 옆구리까지 다가와서 어깨동무를 하고
파도는 내 발자국 앞까지 다가와
손가락을 꼬무락 거리는거 있죠?

이 나뭇잎 편지에
바다의 냄새와 파도가 숨쉬는 소리 함께 보냅니다
그리운 그대

눈물의 흔적

사랑과 그리움 그리고 행복
이런 모든 이쁜 것들을
저 맑은 햇살과 투명한 바람에 잘 말려서
그대에게 보내고 싶어
혹시 얼룩이 남아 있다면
행복에 겨운 눈물의 흔적이려니 여겨줘

오늘은 날이 맑아

푸른 바람이 부는 마을

밤새 내려 고인 별빛
새벽 바람에 날리네
거리마다 푸른 바람
그 바람 나의 품에 안기어
내 가슴 보자고 하네
아픈 나의 마음을 어루만지네
푸른 바람
푸른 바람이

그리움에 다시 찾은
푸른 바람 부는 마을
그 사람 나의 품에 안기던
솔밭 길로 가자 하네
아픈 나의 마음을 흔들어 놓네
푸른 바람
푸른 바람이

클씨 오늘은 꽃들이 말이여

입들을 헤벙그레 열고서는

그냥 지 맘대로 터져 부렸네

......

꽃샘 바람

새벽 내내
창문에 부딪는 바람이 거칠어 깨어난 아침
꽃샘 바람인가 하여 내어다 보니
흰 눈이 거센 바람에 수평으로 날고 있습니다
"아직은 겨울이야!" 하고 말하듯이
하늘 위를 그어대고 있습니다

주춤 주춤 다가오던 봄산이
눈발에 아득히 멀어지고 있었습니다
저 눈발에, 저 바람에
서둘러 핀 봄꽃들이 지워지고 있습니다

봄눈 I

봄눈을 보면 가슴이 아린다

땅에 닿자마자 몸을 허물어 버리는 저 눈발
그래서 치열하지 못한 삶이 부끄럽고
거두어 주지 못했던 사랑에게 미안하다

봄눈아 미안하다!
온 세상을 사랑한다는듯이 마을에 적셔드는,
자꾸 내려와서 몸 던지는 네게
세상을 향해 내 몸 던지는 모습 보여주지 못해
정말 미안하다

첫 사랑을 앓듯 내리는 봄눈아!

봄눈 II

봄눈
그늘에 파리하다
양지녘 햇빛은 노랗게 익어가고
솜털 같은 바람이 이제 갓 올라온 쑥 눈에 다정하다

비둘기
맨 발로 서서 발 시리다
눈 밭에 종종걸음 발이 시리다
봄 햇살 넘실대는 소나무 숲에서 솔잎 고요히 내린다

고요한 봄날이다

봄눈Ⅲ

더운 입김을 뿜으며 장작을 패던 내 손등 위에
흰 눈 한송이가 떨어져
제 몸을 풀어 녹는다

어디서 부터 날아 온 걸까
무슨 그리움으로 그리 날아와
내 손등 위에 꽂히는가 그대
산 만한 그리움으로 그대
내 가슴에 와 꽂히는가

저 산도 그리움에 겨워 등이 굽었다

봄이 오면
그대 그리움 몸을 풀어 내를 이루고 산을 어루만지듯
내 볼에 다순 입김으로 길었던 겨울 이야기를 오래 해줄 것인가
바람이 차다 그대
내 손등 위에 눈물로나 져라

그리운 그대
그대를 만나고 싶다

봄눈이 깊다

봄눈이 깊다

겨울이 상처 깊은 짐승처럼 울고 있나보다
즈믄 번뇌로 봄 들판을 헤매이나 보다

그만 풀어놓으렴
이젠 미련의 끈을 놓고
봄 산에 올라가 진달래 꽃빛으로 잠들어라

겨울아!
옹달샘 깊이 누워서
봄 하늘이나 가슴에 담아 보렴

사월에는

아! 사월
산길로 가기 전에 들길로 가기 전에 공부를 해야한다
식물도감 곤충도감을 들여다보고
그 작고 흔한 것들 눈에 넣어두고 이름을 외워야한다
오리나무의 이파리가 언제 피는지
버들강아지는 어디에 사는지
애기똥풀이 어떻게 생겼는지
그래서 길을 가다가 마주치면 반갑게 웃으면서
이름을 불러주어야 한다
그래야 해마다 이름없이 피는 풀들이 비로소 꽃잎을 열고
사월의 하늘도 열리겠지

생물도감을 열고 손을 짚어가며 눈에 넣어두어야지
이름없던 풀들의 이름을 소리내어 불러보아야지

나는 지금 봄입니다

오늘은 옷을 가볍게 입고 집을 나섭니다
보도블럭을 피해 잔디가 심어진 길을 택해 걸었습니다
폭신한 흙의 느낌이 전해져 옵니다
햇빛아래 팔을 벌리고 서 있으면
금새 내 몸에서 싹이 돋을거라는 상상을 해봅니다

봄 한바구니를 몸에 담았습니다
나는 지금 봄입니다

봄꽃

봄 풀 꽃대궁
바람에
아니라고 손사래치는 봄날
여리게 웃으며
볼 붉히며
당신을 위해 핀 적 없다고
다만 설레임이, 가슴두근거림이 살짝 스며 나온거라고
다시 불 밝히는 봄꽃

봄꽃 들판에 물들어 가다

별꽃

문득 하늘을 보니
별들이 눈물 그렁그렁 달고서 울고 있습니다
한참을 쳐다보다가
그대 생각이 나서
하마터면 나도 울먹울먹 울 뻔했습니다

하늘 위의 별들을 바람으로 곱게 쓸어서
봄 들판에 며칠 흰 꽃으로 피어나게 하다가
강물 위를 얼마쯤 흘러가게 하다가
사는 일 어깨 걸리도록 힘에 겨워 희망도 지워질 쯤에
어쩌면
눈을 오래 감고 있다보면
그 별꽃들 눈에 선하지 않을까?

꽃

클씨
오늘은 꽃들이 말이여
입들을 헤벙그레 열고서는
그냥 지 맘대로 터져부렀는디
하아 고것!
속곳 단속도 못 허고
잇몸까정 드러내고 웃고 있는디 말이여!
봄볕에 벌겋게 달아올라서는
제 흥에 겨워서 살레살레 궁뎅이를 흔드는디
하이고

이파리 닦아주며

바쁘다는 핑계로 오래 밀쳐 두었던
베란다의 화분을 둘러보고 물이 필요한 나무는 물을 주었다
분에 난 작은 잡초도 뽑아주고 삭정이도 잘라주고
먼지 켜켜이 앉은 나뭇잎은 젖은 헝겊으로 닦아주었습니다
세상의 모든 것들은 서로 쓰다듬어 주고 어루만져 주어야 곱고
이뻐지며 정이 들어가겠지요
이파리들을 닦아내다가 햇빛에 비친
거미줄 같은 잎맥들을 자세히 바라봅니다
세상에 있는 길들처럼 서로 엇갈리고 교차하며
수분과 영양분을 나르는 길
나뭇잎 하나에도 세상이 있고 따뜻한 피가 흐르고 있음을 봅니다
담배 한 개비를 피워 물며
내가 얽혀있는 사람들을 생각해 봅니다
내가 그에게, 또 그가 내게 오는 길이 끊겨 있지나 않았는지

세상에서 가장 푸른

세상에서 가장 푸른 단어로 너를 부른다
새벽 별
봄 이파리
수선화
가지 끝에 닿는 첫번째 바람

내가 너를 부르면
너의 휘파람 소리, 들을 건너 올 것 같아
세상에서 가장 푸른 단어로 너를 부른다
"사랑해"

개나리

오늘 사무실에 개나리꽃이 가득 차 있어요
꼬마들이 녹음을 하기 위해 와 있는데 작은 소리들이 사무실을
가득 채우며 날아다닙니다
별 하나 꽁꽁 별 둘 꽁꽁
가끔 말 안 듣는 개나리꽃도 있습니다
저러다 영묵이 애들 등살에 진짜 묵사발 될지도 모르겠습니다

푸른 봄이 여기에서부터 풀려나는지도 모르지요
아이들의 노래 소리
마치 봄날 개나리가 일시에 노랗게 터지는 것처럼
봄이 터지는 소리를 미리 듣고 있습니다

벚꽃 지는 길

벚꽃이 지는 길을
당신과 함께 오래도록 걷고 싶어요
말이 없어도 좋은
그냥 걷기만 해도 좋은
소리없이, 벚꽃잎 눈같이 날리는 봄길을
아무 생각없이
그 길 차라리 영원으로 가도 좋겠다는 듯이

히야신스

보라색에 가까운 붉은 꽃 하나가
푸르고 단단한 이파리를 젖히고 피었습니다
마치 담장을 넘겨다보는 유치원 아이의 붉은 볼 같습니다
그 향기를 맡다가 깜박 취해서 쓰러질 뻔 했습니다
그리 향이 짙은 까닭은
겨우내 참았던 그리움 때문이겠지요
안으로만 깊이 다독이며
꼭 여며 두었던 그리움을 풀어내는 향기라서
저리 치열한 것이겠지요
차마 농익은 봄까지 기다릴 수 없어서
서둘러 터져 버린 저 히야신스의 절절한 사랑 앞에서
봄이 머뭇 주춤거리는 오후입니다

살구나무

그대를 생각하는
내
먹물같은 가슴속에 살구나무 한 그루 서 있다

살구꽃 가만히 피었다
이제 초저녁 별만 하나 오르면 된다

그대를 생각하면 따뜻해진다

혼자 보낸 휴일

바람이 부네
향기 가득한 창가
너를 위해 비워 둔
눈이 부신 오후

둘을 위한 자리
비어있는 탁자에
네게 주고 싶던 들꽃 한 송이
시들어 가요

이미 다가온 이별을 예감하며
낙엽지는 창밖을 보면
그대 없어도 눈이 부신 가을
왜 눈물이 나는 걸까

흔들리는 바람
꽃이 지는 소리에
혹시 너의 발자국 소리일까
귀 기울이지

흔들리는 바람
꽃이 지는 소리에도
내 마음은 파랗게 멍들어 가네
혼자 보낸 휴일

길 위에서의 생각

내리막 길을 치달리는 자동차들
무엇이 그리 바쁜지
나는 지금 색 바랜 자귀나무 꽃 그늘에 앉아
아직은 푸른 하늘을 본다
애초에
고단한 삶의 보따리 하나씩 등에 지고 나선 길의 초입
일찌감치 한 모금 슬픔을 마시고 나선 우리들 쓸쓸한 생애
앞서거니 뒷서거니 흘러 온 삶의 길 위에서
얼크러지고 설크러지고 때로 뒤엉켜 쓰러지고
결국은 이 모든 길 위에 혼자 있을 뿐

노을 아래 피어나는 네온 불빛
길은 들을 지나 노을 속으로 간다

나는 지금 네온의 바다로 흘러 들어가는 사람의 물결을 본다

땅끝 일박

난 오늘 바다를 알고파서 땅끝까지 와 있네
갯내음 실은 습한 바람이 온 몸을 젖게하네
아! 산다는게 뭔지 이렇게 젖는건지 자꾸만 눈물이 난다
온 몸을 드러내어 푸른 바다에 푸르게 몸을 씻는다
내 삶의 넝마 같은 거짓을 벗어 놓는다

날이 새도록 잠 못드는 낯선 곳에서 하룻밤
창문에 걸린 배고픈 달이 바람에 창백하다
아! 산다는게 뭔지 오늘고 눈시리다 자꾸만 눈물이 난다
담배를 피워 물고 새벽하늘에 살고 싶다고 써 본다
산다는게 때론 그믐같아서 눈물이 날때도 있다

무릎 깨이는 밤길도 있고 해 밝은 날도 있겠지
소나기에 젖기도 하고 메마른 날도 있겠지
아! 산다는게 뭔지 울고 웃는 인생길 자꾸만 눈물이 난다

가파른 언덕길만 있진 않겠지 툭 털고 길을 나선다
살다보면 보름같이 웃는 날 웃게 되는 날 있겠지

화사한 봄 날이 다가도록

나는 네게 꽃 한송이 주지 못했네

내 호주머니가 비어서

너를 만날 때마다

사랑한다는 말은 못하고 꽃집 앞을 지나쳤었네

VI

세상 모든 꽃을 네 품에

화사한 봄날이 다가도록
나는 네게 꽃 한송이 주지 못했네
내 호주머니가 비어서
너를 만날 때마다
사랑한다는 말은 못하고 꽃집 앞을 지나쳤었네
그러나 내 마음 알아주길 바래
이 세상 모든 꽃을 네 품에 안겨 주고 싶은 마음
사랑한다 소리내어 말하지 않아도 내가 늘 사랑하고 있음을

똑같은 마음일까
오늘은 들길에 나가 풀꽃 모자 만들어 줄 때
너의 눈에 가득 눈물이
나 역시 너에게서 사랑을 듣지 못했지만
나는 알아 너의 마음을
사랑이란 소리내어 말하는 게 아냐
이 세상 모든 말을 모으면 눈물젖은 미소라네
사랑한다 소리내어 말하지 않아도 돼
내가 늘 사랑하고 있으니

오늘 아침에 본 그녀

너무 너무 좋아 오늘 아침에 본 그녀
머리는 헝클어지고 화장도 안했지만 그냥 좋아
너무 너무 좋아 오늘 아침에 본 그녀
비둘기 눈처럼 작고 까만 두 눈이 그냥 좋아

너무 너무 좋아 오늘 아침에 본 그녀
너무 뚱뚱해서 팔뚝이 내 다리만 하지만 나는 좋아
너무 너무 좋아 오늘 아침에 본 그녀
그녀의 코는 들창코 주근깨 투성이지만 나는 좋아

아마 이런 게 사랑일꺼야
누구와 비교할 수 없는 아름다움 오직 내 눈에만 보이네
그냥 좋아 오늘 아침에 본 그녀

초록 달팽이

초록 달팽이 하나 제 몸보다 큰 집을 지고
가느다란 은빛의 길을 간다
아! 환하다 그 길
아! 환하다 그 길
햇빛도 따라 그 길 위에서 부서진다

초록빛 거미 한 마리 허공에 집을 짓네
가느다란 은빛의 집을 짓네
아! 유혹의 그 길
아! 유혹의 그 길
분홍빛 나비 한 마리 위태로이 날으는 아침

안개 속으로 오라 그대

안개 속으로 오라 그대
지금 안개는 우리들 슬픔의 무게로 내렸나니
지상에서의 따뜻한 방 한 칸 마련할 수 없었던 우린
안개속으로 숨어야하리

가자! 안개의 집으로
안개 무덤 속으로 걸어가자
가서 긴- 입맞춤
다시 있을 오랜 이별을 준비하자
슬픔의 이불을 덮고 눈물의 안개를 마시며
헤어짐 없는 날들을 밤새도록 꿈꾸며 울자

안개 속으로밖에 숨을 수 없는 우리는
안개 속으로 안개의 아이를 낳고
그리고 안개의 집을 짓고
안개 같은 사랑을 나누자

탑과 꽃과 새와 나

오후 내내 탑을 쌓았다
돌무더기 앞에 앉아
내 마음의 창으로 새 한 마리 난다
오후 내내 꽃 앞에 앉아 내가 누구인가를 물었다

아무 것도 아니라 한다
다만 흘러 갈 뿐이라 한다
내가 쌓은 탑을 무러뜨리고 쓰러지라 한다
다만 꽃잎처럼 흐르라 한다
바람 속으로 흘러가라고 한다

오후 내내 꽃 앞에 앉아 내 안의 나를 지운다
오롯이 한 가지를 너를 위해 비운다

유리성을 쌓다

뜨거운 모래 위를 걷다가 너를 만났지
초록의 이파리
너만의 세계 너만의 섬을 보았지
금새 내 마음 안에 들어 와 깊이 뿌리내린 그대

뜨거운 햇빛 아래서 성을 쌓았지
너를 위해 빛나는 아주 작은 성
너만을 위한 작은 성
금새 내 마음 안에 가득 너무 커버린 그대

내가 쌓은 유리성을 산산히 부수고
그 파편들 내 맘 안에 무참히 박혀
너를 적시는 내 피로 그대 살찌우고
내 눈물로 몸을 씻어 내일은 푸르리

아! 내가 날 부수고
유리의 성을 부수고 노을 아래 스러지리 그대
모래 위에 스민 내 눈물에 그대여 입 맞추오

갯벌

내 오랜 생각의 썩은 것들
강을 따라와 저기 길다랗게 누워 있네
나를 지나쳤던 시간과 망각들
저기 갯벌 위 부리 긴 새가 줍고 있네
시간을 삼킨 부리 긴 새가 쪼고 있네
부리긴 새들의 갯벌

버려진 것들 온 몸으로 받아
시커멓게 곪아 폐기된 내 몸이다
또 다시 밀물의 시간이 오면
헤쳐진 몸 슬픈 몸 맡기는
나를 덮치는 밀물
수평의 바다가 밀려온다

때 없이 밀물이 든다
나를 다독이고 가는 저 밀물
나 갯벌 위에 누워 다시 태어나고 싶다
한번만이라도 네가 발을 내디디면
벗어날 수 없는 나는 갯벌이고 싶다

내 검은 아가리로 너를 삼키고 천년을 삭아
젖갈 냄새로 흐르고 싶은 짓이겨진 노을로
피어 갯벌의 시간을 꽃 피워라
갯벌
부리 긴 새들의 갯벌

悲愛

너에게로 가는 길 지워진지 오래
나의 정원에 꽃들은 죽고
너를 묻고서 나침반도 없이 어둔 길로만 떠돌았구나
달빛에도 발이 걸려 넘어지고
낮 달에도 눈 부셔 그늘로 그늘로만 숨었네
이제 놓아 줘!
널 잊을 수 있게만 해줘!
너를 버리기 위해 숲마다 너를 묻었으니
이제 나의 정원엔 새들도 날지 않는다
더 이상 꽃 피지 않는다

내 안의 삭정이

내 안의 나무에 바람이 인다
그대 내 안에 들어왔나 봐
내 안의 나뭇잎 흔들린다
내가 너에게 보내는 인사
밤새 꿈도 없이 잘 잤느냐고
밤새 울음도 없이 잘 잤느냐고
내 안에 삭정이 하나 툭 부러진다
너 때문에 나는 아프다

내 안의 나무에 별 하나 뜬다
그대 어디서 울고있나 봐
내 안의 별 하나 깜박거린다
금새 눈물이 날 것만 같다
울지마라 그대
울지말아라
너의 눈물 방울에 별이 젖나니
내 안의 나무에 별 하나 진다
너 때문에 나는 아프다

너 없는 봄

꽃이 피고 새가 운다 해도 너 없이 보낸 봄은 슬프기만 해
꽃이 지고 꽃이 진 자리마다 눈물 같은 꽃씨 남아
나를 울리고 있네
너 없는 하늘 구름이 지우고 있어
내 가슴에 남은 너도 그렇게 지워졌으면 좋겠어
꽃이 지고 꽃이 진 자리마다 눈물 젖은 너의 얼굴 떠 오르는 봄

그리우면 그리운 대로

그리우면 그리운 대로 그리워하자
또 잊혀지면 잊혀지는 대로 아쉬워말자
헤어질 때야 물론
조금 섭섭하겠지만
무어 그리 서럽기야 할랴고
바람이 불면 바람이 부는 대로 흩어지는 연기마냥
사라지면 사라지는 대로
또 그리우면 그리운 대로
가슴에 묻어두고 사는 게지

유종화(시인)

한보리에 대한 얘기를 해야 하는데 문득 그와 다툰 일이 먼저 떠
오른다.

5년 전쯤의 일일 것이다. 어느 날 내가 근무하는 학교의 도서실에
계절에 맞지 않는 바바리를 걸치고 두꺼운 음악노트를 옆구리에
긴 사내가 서부 영화의 '장고'처럼 나타났다. 전에 광주의 꼬두메
녹음실에서 안면만 익혔을 뿐 친한 사이는 아니었다. 그는 친구
를 찾아서 집을 나서보기는 오늘이 처음이라고 하면서 멋적게 웃
었다. 그 '장고'가 바로 오늘 얘기하려는 한보리이다.

우리는 서둘러 선술집으로 자리를 옮기고 술잔을 나누었다. 술이
몇 순배 돌고 이런저런 얘기를 나누다가 어느덧 화제는 그의 노
래로 옮겨가게 되었다. 그 노래로 인해서 우리는 다투게 되었는
데, 처음이랄 수 있는 만남에서 다 큰 어른들끼리 얼굴을 붉힌 것
이 지금은 아득한 추억으로 남아 가끔 떠올리면서 속으로 웃곤
한다.

새가 물어가 버린 오후 한 시간
나는 아프리카 해변을 꿈꾸고 있네
새가 물어가 버린 오후 한 시간
커다란 사자 한 마릴 꿈꾸고 있네
아, 졸리운 오후
나는 꿈속에 있네
나는 꿈속에 꿈속에 있네
— 「몽상가의 손목시계」 부류

이게 바로 우리를 다투게 한 그의 노래이다. 문제가 된 부분은 2행의 '나는 아프리카 해변을 꿈꾸고 있네'와 4행의 '커다란 사자 한 마릴 꿈꾸고 있네'였다.

나는 그를 만나기 전에 이미 이 노래를 알고 있었다. '꼬두메'의 건반 연주자인 박양희 씨가 전해준 [꼬두메·2] 음반에 [몽상가의 손목시계]가 실려 있어서 자연스럽게 접하게 되었다. 그때 나는 왜 하필이면 '아프리카의 해변을 꿈꾸고', '커다란 사자 한 마릴' 생각해야 하느냐고 따졌다. 그는 그것은 작가의 상상력이라고 대답했고, 나는 작가의 현실인식이 잘못되었기 때문이라고 대들었다. 우리 나라 해변도 많고, 토종 짐승도 많은데, 하필이면 우리와 아무런 관련이 없는 외국의 것을 떠올렸다는 것이 내 불만이었다. 우리는 그 일로 인해 몇 시간을 다투면서 얘기를 했는데, 이렇다 할 결론도 내지 못하고 둘 다 술에 뻗어버리면서 논쟁은 그쳤다.

지금 생각해 보면 무슨 결론을 낼 일도 아니다. 작가마다 자기의 철학이 있는 것이고, 창작에 대한 나름대로의 생각이 각각 다르기 때문이다.

아무튼 이상하게도 그 일이 있은 후로 우린 가까워졌다. 나이가 같다는 것과 하는 일이 비슷하다는 것, 그리고 너저분한 성격이 서로 닮았다는 것이 그렇게 만들어 준 것 같다.

그러나 가만히 생각해 보면 그 논쟁의 저변에 깔린 근본적인 문제가 있다. 그것은 한보리는 낭만주의자이고, 나는 현실주의자였기 때문이 아닌가 한다.

그를 낭만주의자라고 지칭한 것은 그의 노래와 시에서 그런 징후
를 많이 찾아볼 수 있기 때문이다.

나의 사랑 깊은데 너는 등을 돌리는구나
내 슬픔의 시작인지 너는 아느냐
사랑은 그렇다
모든 것을 포용하는 것
너에게 사랑을 주고 싶다
이 외로운 세상에서
— [슬픔의 시작] 부분

흔들리는 바람
꽃이 지는 소리에도
내 마음은 파랗게 멍들어가네
혼자 보낸 휴일
— [혼자 보낸 휴일] 부분

그리우면 그리운 대로 그리워하자
또 잊히우면 잊히우는 대로 아쉬워 말자
헤일 때야 물론
조금 섭섭하겠지만
무어 그리 서럽기야 할라고
바람이 불면 바람이 부는 대로 흩어지는 연기마냥
사라지면 사라지는 대로

또 그리우면 그리운 대로
가슴에 묻어두고 사는 게지
— [그리우면 그리운 대로] 전문

그의 시집 아무 장에서나 대충 뽑아본 것인데 감성과 정서를 중시하는 낭만주의적 요소가 여기저기에 흩어져 있다.

그러나 그의 낭만주의적 요소는 그냥 속수무책인 채로 드러내놓고 있지만은 않는다. 그는 모든 감정을 '포용'하고, '가슴에 묻어두고' 다스릴 줄 안다. 그런 면이 한보리의 시가 다른 연시들과의 차이점이라고 보아도 무방할 것이다. 그의 연가는 떠나간 대상에 대해서 원망하거나 야속해하지 않는다. 보낼 것은 보내고 남은 상처는 속으로 삭이는 넉넉함을 보여준다는 말이다. 그래서 그의 노래는 청승맞지가 않다. 그리고 그러한 한보리의 시들은 그가 붙인 가락에 실려 있어서 더욱 우리에게 친근감 있게 다가설 수 있다.

그러한 면에서 그를 음유시인이라고 부르는 데 주저하지 않는다.

이 시대의 음유시인이란 작곡과 시 쓰는 능력을 겸비한 사람으로,
세상 돌아가는 이야기와 우리들의 삶과 꿈을 가락에 실어 노래하는
가객 정도로 해석하는 것이 더 어울릴 것 같다.
— 졸저 [시마을로 가는 징검다리] 중에서

위에서 음유시인에 대해서 잠깐 살펴보았는데, 한보리가 거기에 딱 어울리는 사람이다. 그는 매일 일기를 쓰듯 곡을 쓴다. 이 시

집에 실린 시들도 거의 다 가락이 붙어 있는 것들이다. 이렇듯 그
가 실타래처럼 풀어낸 가락과 시들이 많은 사람들의 가슴에 전해
졌으면 좋겠다. 이 말은 그의 능력에 비해서 아직 사람들에게 한
보리의 재능이 알려져 있지 않은 점이 안타까워서 하는 말이다.
그는 사소한 일상적인 일들을 그냥 지나치지 않는다. 그것이 그
를 음유시인으로 만든 것이기도 하지만….

모래시계를 뒤집는 것처럼
지나간 시간을 되돌릴 수 있다면
내가 걸어왔던 수많은 길을 되돌아가서
너를 아프게 했던 나의 가벼움과
가슴 멍들게 했던 이별의 말을
고스란히 거두어 지우련만
아! 나는 너에게 얼마나 거칠었으며 얼마나 잔인했던가
아! 나는 너에게 얼마나 견디기 힘든 짐이었을까
모래시계를 뒤집는 것처럼
내 아쉬운 옛날로 돌아갈 수만 있다면
저 들에 핀 강아지풀처럼
머리 부비며 살아갈 텐데
— [모래시계] 부분

이 시에서도 한보리는 사소한 것에서 하나의 가슴 아픈 사랑노래
를 만들어낸다. 여기에 대한 설명은 그의 창작노트를 엿보는 것
이 더 효과적일 것 같아 잠깐 인용한다.

「 요 근래 연가 작업을 몇 개 했더니 아내가, 혹시 애인이 생긴 거
아니냐고 은근히 묻길래 곡을 쓰게 된 동기를 얘기해 주었다. [모
래시계]라는 곡인데, 사실 나는 멋진 연애를 할 만큼 낭만적인 사
람은 되지 못한다. 하루는 목욕탕에 가서 전날 먹은 술독 좀 빨리
풀어볼까 하고 사우나실에 들어갔더니 그곳에 초록색 모래시계
가 있었다. ─ 참, 나는 비쩍 마른 편이라 사우나실에는 좀처럼
들어가지 않는다. ─ 어렸을 때부터 유독 시간과 공간 그런 것에
관심이 많아서 노래도 시간에 관한 것이 꽤 많다.

생각해 보니, 시간이라는 시간적 개념이 시계라는 평면에 의해
가시화되고, 모래시계란 시간의 양을 부피로써 확인시키는 더 구
체적인 시간 표현이 아닌가.

그 사우나에서 나는 시간과 모래시계의 관계를 생각했다. 모래시
계를 뒤집으면 조금 전의 모래들이 과거의 칸으로 다시 떨어져
내리듯이 시간이 거꾸로 가서 다시 살아볼 수 있게 된다면 어떤
일들이 해보고 싶어질까? 이런 생각을 하다가 [모래시계]를 쓰게
되었다.」

일상적인 사소한 일들을 그냥 놓치고 가지 않는 그는 바로 시인
의 눈을 가진 사람이다. 그는 그러한 눈을 가지고 세상을 바라보
기에 그토록 많은 시와 노래를 쓸 수 있었을 것이다.

그러기에 그는 위의 [모래시계](그는 이 시의 끝에 '1984.10.7
이라는 날짜를 기록해 놓고 있는데, 그것은 TV 드라마 [모래시
계]보다 먼저 만들었다는 것을 밝히기 위해서이다) 같은 절창을
부를 수 있게 되었을 것이다.

내친 김에 그의 창작노트를 조금 더 보고 가기로 하자.

[푸른 바람이 부는 마을]이라는 시를 쓰게 된 동기를 밝히는 부분인데, 창작에 대한 한보리의 견해도 들을 수 있어 좀 길지만 그대로 인용한다.

「벌써 십 년도 더 된 얘기다. 6·25를 특집으로 다룬 무슨 다큐멘터리를 보고 있었다. 마을 전체가 북한군들에게 희생된 사건에 관한 것이었는데, 그 마을 이름이 '청풍리'였다. 그 무렵, 나는 일본 사람들이 개명해 놓은 마을 이름을 순 우리말로 고쳐보곤 했었다.

'청풍리'를 우리말로 바꾸면, '맑은 바람이 부는 마을'이 된다. 푸른 바람이 부는 마을! 울림이 좋다고 느껴졌다. 나는 벌써 오랜만에 고향을 찾아드는 주인공이 되어 그 마을을 향하고 있다. 아마 나는 먼 친척의 장례식 때문에 고향에 갈 것이고, 옛날 생각, 옛 여인의 이름도 떠올렸으리라! 기차역에 닿았을 무렵은 이미 새벽, 마을은 푸른 안개에 싸여 있고, 나는 안개가 천천히 흐르고 있는 솔밭을 지나간다.

밤새 내려 고인 별빛
새벽바람에 날리네
거리마다 푸른 바람
푸른 바람이 떠다니네
그 바람 나의 품에 안기어
내 가슴 보자고 하네

아픈 나의 마음을 어루만지네
푸른 바람
푸른 바람이

그리움에 다시 찾은
푸른 바람 부는 마을
그 사람 나의 품에 안기던
솔밭길로 가자 하네
아픈 나의 마음을 흔들어 놓네
푸른 바람
푸른 바람이
― [푸른 바람이 부는 마을] 전문

이 곡을 듣는 사람마다 언제 그렇게 가슴 아픈 사랑을 해보았느냐고 부럽다고 했다. 그런데 쓰게 된 동기를 얘기했더니 여간 실망스러워 하는 게 아니었다. 사람들의 감상을 위해서라도 가끔은 진실을 은폐할 필요가 있는 것일까? 곡을 쓰게 된 동기가 여러 가지겠지만 모두 다 진지한 것은 아니다. 하지만 아무리 쉽게 씌어진 곡이라 하더라도 다시 생각해보면 그렇게 단순하지만은 않다. 창작이란 여러 가지 경험들이 축적되고, 그것이 쌓여서 가슴에 고여 있다가 어느 순간 그 경험들의 이미지를 연결시켜주는 매개체나 사건을 통해서 구체화된 이미지를 형성화하는 작업이기 때문이다.
창작자가 받아들이는 모든 자극이 결국에는 작품 안에 녹아들며,

단지 그 매개되는 소재의 형태에 따라서 변형 또는 전이될 뿐, 그 기저에 흐르고 있는 주제는 변함이 없다는 얘기다. 창작에 관한 나의 견해는 이렇다.」

이러한 그의 창작에 대한 견해를 들어보면 그가 하나의 시나 노래를 쓰기 위해 얼마나 진지하게 고민하는가를 알 수 있게 해준다.

그런 진지함이 '청풍리'라는 동네 이름 하나를 '아픈 마음 어루만지는' 연가로까지 풀어낼 수 있었을 것이다. 그러한 한보리의 창작에 대한 태도가 비단 이 시 하나에만 적용되었으랴? 노래 하나 시 한 줄에 정성을 다했음을 쉽게 짐작할 수 있다.

사실 그의 시는 연시가 주류를 이루고 있다. 그렇다고 그의 시가 전부 연가만 있는 것은 아니다. 곡이 붙지 않은 몇몇의 시들이 있는데, 그 시들이 연가보다는 성취도 면에서 더 시적인 완성도가 높다. 〔능주장터〕, 〔산〕, 〔산감나무〕, 〔봄산〕 등이 그것인데, 그러한 시들을 보면 한보리의 시가 어느 한편은 현실에 깊이 뿌리박고 있음을 느낄 수 있게 해준다. 어쩌면 현실에 뿌리박은 건강한 정신이 항상 기저에 깔려 있기에 그의 노래가 연가일지라도 공허한 울림으로 끝나지 않고 가슴에 젖어오는지도 모르겠다.

능주 장터 파장 무렵
머리 풀린 바람 춤추고
가난한 허리춤엔 벌써 어둠 밀리는데
질긴 소리 하나 있었네

아주 질긴
― 오늘 하루도 떡자난 인생
능주 장터 파장 무렵 구겨진 천막엔
어느새 달려왔는지 개 짖는 소리
개 짖는 소리 들리네
― [능주 장터] 전문

시인은 시골 장터의 파장 무렵을 을씨년스럽게 그려내고 있다.
감정에 치우쳐 소리내지 않고 담담하게 그려내고 있는 시골 장터
의 모습에서, 이제는 그 존재가치를 잃어버린 시골의 모습을 안
타깝게 느끼도록 해준다. 거기에는 아쉬움이 있고, 그리움이 녹
아 있다. 그러기에 그런 시골 장터의 모습을 바라보는 시인의 마
음이 따뜻하다는 것을 쉽게 짐작할 수 있다.

욕심을 부리자면 앞으로 이런 류의 노래가 더욱 많이 있었으면
좋겠다. 삶의 모습이 묻어나는 그런 노래 말이다.

아무튼 음유시인으로서의 한보리는 김민기, 정태춘, 한돌, 조동
진의 뒤를 이어 하덕규, 백창우와 함께 이 시대를 살아가는 우리
들의 삶과 꿈, 그리고 사랑을 폭넓게 노래해 주어야 한다. 그것은
배경희가 가야할 올바른 삶의 길이면서 동시에 그에게 주어진 의
무이기도 하다.

한보리는 항상 그것을 잊지 말아야 한다. 그렇지 않으면 우리는
또다시 싸울 수밖에 없을 것이다.

알겠나? 장고!

꽃 한송이 주지 못했네

엮은이 / 한보리

펴낸이 / 이춘호

펴낸곳 / 당그래출판사

초판 1쇄 발행 / 2001년 12월 5일

등록(제22-38호) 등록일(89.7.7)

110-071 서울 종로구 당주동 32번지 황금빌딩 302호

Homepage: dangre.co.kr

E-mail: dangre@dangre.co.kr

TEL: (02) 722-6603

FAX: (02) 722-6604

값13,000원